한실문예창작 동인지 제17집

인연의 향기

인연의 향기

1판 1쇄 : 인쇄 2022년 07월 08일
1판 1쇄 : 발행 2022년 07월 12일

지은이 : 한실문예창작
펴낸이 : 서동영
펴낸곳 : 서영출판사

출판등록 : 2010년 11월 26일 제 (25100-2010-000011호)
주소 : 서울특별시 마포구 월드컵로 31길 62
전화 : 02-338-0117 팩스 : 02-338-7160
이메일 : sdy5608@hanmail.net

표지그림 : 박덕은
디자인 : 이원경

ⓒ2022한실문예창작 seo young printed in seoul korea
ISBN 979-11-92055-17-6 04810
ISBN 978-89-97180-00-4(set)

인연의 향기

박덕은 문하생 102명이 참여한
한실문예창작 동인지 제17집

2022·서영

머리말

이번 한실문예창작 동인지 제17집에는 작가 103명이 참여했다. 한 문학 동아리에서 이렇게나 많은 작가들이 참여한 것은 행복한 일이다.

특히, 이번 동인지에는 작가들이 약속이나 한 듯 디카시를 보내와, 놀랍게도 우리나라 최초의 디카시 동인지가 되어 버렸다. 이 또한 행복한 일이다.

한실문예창작 문학반은 1989년 1월에 전라남도 도청 뒤 조그만 다락방에서 시작되었다. 2022년 4월 현재 32년째가 되었다.

그동안 한실문예창작은 오프라인 문학회인 한꿈 문학회와 온라인 문학회인 바로 문학회와 꽃스런 문학회 등 12개 문학회로 성장하였다.

오프라인 문학회인 한꿈 문학회는 부드런 문학회, 푸르른 문학회, 향그런 문학회, 탐스런 문학회, 둥그런 문학회, 싱그런 문학회, 온스런 문학회, 꿈스런 문학회, 포시런 문학회, 방그레 문학회 등이 소속되어 있고, 온라인 문학회는 카페 한실문예창작에서 활동하는 바로 문학회와 아프리카TV "낭만대통령의 문학토크"에서 문장 훈련을 하고 있는 꽃스런 문학회로 나눠져 있다.

이들 문학회를 통하여 지금까지 총 460여 명의 작가를 배출

했고, 전국구 문학상 1,140여 개를 수상했으며, 개인 작품집 100여 권을 발간했다.

아름다운 열매를 맺어준 우리 한실문예창작 여러 문학회의 문우들에게 이 시간 감사드리고, 행복과 기쁨과 낭만을 함께하고 싶다.

이 한실문예창작 문학 동아리가 언제까지 이어질지 아무도 모른다. 하지만, 함께하는 동안 서로 즐겁게 서로 정성 다해 가꿔 갈 것이다.

그러기 위해서는 우선 우리가 건강해야 한다. 그리고 문학 창작에 대한 열정과 정성이 한결같아야 한다.

부디 우리 모두가 살아가면서 알뜰히 창작하고, 이를 작품집으로 발간하는 향긋한 삶을 지속해 나갔으면 좋겠다.

서로 격려해 주고, 서로 이끌어 주고, 서로 감싸 주면서, 이 멋진 작가의 길을 함께 걸어가기를 소망한다.

– 한실문예창작 지도 교수

낭만대통령 박덕은 작가

(문학박사, 전 전남대학교 교수, 문학평론가, 시인, 수필가, 소설가,

동화작가, 사진작가, 화가)

제1지부 부드런 문학회

제2지부 **향그런 문학회**

제3지부 푸르른 문학회

제4지부 **탐스런 문학회**

제5지부 온스런 문학회

제6지부 **방그레 문학회**

제7지부 싱그런 문학회

제8지부 둥그런 문학회

나주 공공도서관

한실문예창작
회원

강덕순

강만순

강병원

강현숙

강현옥

고대륜

고명순

김경수

김난옥

김미경

김미자

김미희

김방순

김봉숙

김송월

김숙희

김승환

김애숙

김영례

김영순

김영자

김용수

김이향

김전자

김차현

김현태

김형순

김혜경

김희란

류광열

명금자

모정자

문영미

문인선

박봉은

박상은

박연식

박영숙

박지영

박치혜

배순옥

배종숙

서동영

서선영

서애숙

서영란

서은옥

서희정

설동찬

소정희

손영란

신옥비

신희자

심귀례

양은정

양종숙

양회락

유양업

윤경자

윤성택

이강례

이강요

이명사

이명순

이병현

이선주

이수진

이양자

이여울

이완소

이은정

이인환

이향숙

이혜진

이호준

임금남

임순이

임영희

장순익

장헌권

전숙경

전예라

전춘순

정경균

정명자

정순애

정옥남

정이성

정주이

정찬열

조계칠

조규칠

조정일

주영희

채백령

최기숙

최세환

최승벽

최윤화

홍영숙

황애라

차 례

인연의 향기

꿈

-강덕순

보글보글 끓어오르는 열정
보이지 않는 곳에서
준비 작업 중
햇빛에 반사되어
굼실굼실 살아 움직인다.

아, 옛날이여

-강덕순

한때는 몸값이 천정부지
그대와 만나고파
차례대로 줄줄이 끌 달고 서 있었지.

만남

-강만순

햇발 가득한 뜨락에 모인
풀잎들의 소곤거림
수북수북 해종일 넘쳐난다.

산책길

-강만순

해맑은 색깔들의 속삭임
아기자기하게 눈부신
설렘의 길.

부활

-강병원

비록 험한 세상 요절했지만
살아생전 누린 호사처럼
꽃 피워내다.

야망

-강병원

나폴레옹 포즈로
천리마 올라타고
독립군 말 달리던
만주 평야 달리자.

봄나들이

-강현숙

한 걸음 한 걸음
노랑 꽃신 신고 아장아장 걷는 봄
햇님 손잡고 꽃 구경
온 천지 아가 발자욱.

위로

-강현숙

세월에 곰삭아
깊숙이 주름져 있는 침묵 곁에
나란히 앉아 있으면
왠지 눈물이 나.

사랑 고백

-강현옥

뿌리 잘 내릴 수 있도록
잘게 부서지며
평생 길 내어 주는 당신
부끄러워 말 못하고
봄바람 실어 툭 던진 속마음.

청년 지원

-강현옥

고향으로 돌아와
문턱 닳도록 쫓아다녔지만
아스팔트 한 켠
겨우 세들어 간 청춘의 꿈.

우리는

-고대륜

한 뿌리
언제까지나
형제의 사랑
잊지 말자.

자랑거리

-고대륜

칼바람 추운 겨울에도
우리는
한결같이 정열적이야.

바벨탑

-고명순

서로 키재기한다
도대체 어디까지 높아져야
만족할 수 있단 말인가.

숙명처럼

-고명순

꽁꽁 묶여 있어도
영혼만큼은 자유롭다
서 있는 그 자리에서
꽃피우면 되는 것을.

상흔

-김경수

무분별하게 커져만 가던 소망
모두 잘려 나가고
날렵한 몸매로 단정히
아픈 마음 보듬고 있다.

짝사랑

-김경수

섬광처럼 뜨거운 불꽃
바라볼 수 없어
이리 검게 타 버린 가슴
얼마나 더 많은 상흔 견뎌야
그대의 손 잡을 수 있을까.

그리움

-김난옥

강가 저편에
고즈넉한 그늘로 묻어온
애틋한 몸부림.

얼

-김난옥

동서 배향, 거기 정중앙
깊은 지혜와 높은 안목
그리고,
저 도도히 흐르는 빛.

목련꽃

-김미경

햇발의 다정한 눈맞춤과
봄비의 싱그런 입맞춤에
그만 활짝 날개 펴고 마는
하얀 나비.

고향 소녀

-김미경

하늘거리는 아름다움으로
가을의 꿈을 맞이하고 있다.

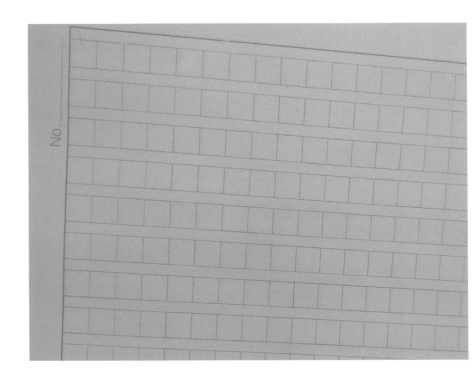

글

-김미자

화려함의 손끝으로
나를 건드리지 말아요
펜 끝에 물든 당신의 향수로
나를 휘감아 주세요.

별들의 전쟁

-김미자

노란 생명수로 견디고
창문에 찍히는 입술들
끝숨에 옷 벗는 울음아.

외출 준비 끝

하얀 얼굴에 노랑 옷 걸치고
빨강 코사지로 멋을 낸
동태전 아가씨.

낙엽 체육대회

-김미희

하나둘 어느새 선수 입장
빨강 노랑 손잡고 악수한다
휭휭 바람 소리에 으라차차
이겨라 외치며 열심히 뒤집기한다.

이끌림

-김방순

밝은 얼굴로 순수 연다
마지막까지 가는 길
손잡아 주니 따스하다.

위로받고픈 날

-김방순

바람결에 흔들거리며
숨가쁘게 오르는 인생길
누군가와 어깨동무 하고 싶다.

여행

-김봉숙

섬 안의 또 다른 섬
종이 막대로 여유 한 조각 얹어
유리알처럼 굴러온 생의 수레바퀴.

산책길

-김봉숙

거기 서서 바라본

그 느낌 그대로

산그림자도 여명도 온전히

받아 주는 하루의 시작 그대로.

오늘부터

-김부배

빨래든 재롱이든
미소든 행복이든
뭐든 이 손녀에게 맡기세요.

제발

-김부배

터 잡고 나래 편 채
돌짝밭에 알몸으로
글썽이며 버릴 힘 없다오
이사 좀 가서 편히 살게 해주세요.

독립

-김송월

사계절을
온몸에 새긴 너
의연한 모습이
훈장처럼 빛이 나는 너.

정과 동

곰삭은 조화
동방의 신비가
빚어논 예술의 극치.

명자야

-김숙희

풋풋한 감성 젖어들면
그 어떤 적막도
청량함으로 물들여지고
우수는 미학이 된단다.

영혼의 숲에선

－김숙희

생각의 노래
맑은 향기로 포르르 살아나고
찡한 고독은 바람에 흔들리는데
외로움 자락 풀어헤친 추억은
오늘도 저리 세레나데 부르고 있다.

보라

-김승환

떨어질 수 없는 인연을,
밤낮없이 지극한 사랑을,
저 경이로운 천사의 눈빛을.

꿈길

-김승환

초저녁 꽃향기 따라나섰더니
하늘과 호수가 하나된 세상
거기 떠 있는 건
초승달인지 그리움인지.

사랑

-김영례

피어나는 당신 심장
웃고 있는 저 꽃미소.

평가

-김영례

재롱둥이 웃음꽃들
우리도 화가예요
몇 점이에요?
할머니 눈엔 최고의 그림.

나의 소망

-김영순

초록 융단 깔린 마음밭
하얀 그리움 꺼내어
사랑을 곱게 수놓고 싶다.

꿈터

-김영순

서로 각자 다르지만
이상향 찾아 동행하며
뚜벅뚜벅 걸어간다.

절정

-김영자

우러러 우러러
당신의 저 붉은 노을
바라보고 또 봅니다.

소라의 꿈

-김영자

굽이굽이 산 넘고 넘어
달빛 노래 부르며
그대에게 간다.

구두 두 켤레

-김애숙

하나는 앞코가 넓고
다른 하나는 좁다
둘 다 마음에 들진 않지만
버리지 않고 신고 다닌다.

바람 부는 날

-김애숙

떨지 마
해치지 않아
그냥 내 마음에
담아 두는 거야.

이런 세상에서

-김용수

자살할 수 있겠니?
아니,
전쟁할 수 있겠니?

3형제 인사

-김용수

먼저

중간

나중일 뿐,

인생처럼.

열린 마음

-김이향

두 팔 활짝 펴 언제나 반기는 나의 벗

그런 넌 다른 모두에게도 그렇게 대했던 거야?

자꾸만 커져 가는 네 마음이 그렇게 너른 거였어?

꿈

-김이향

언제나 망설였지
나를 막고 있는 저 문들
이젠 활짝 열고
저 너머 보이는 희망의 길로 가자.

일몰

-김전자

세월의 날개 단 어느 강태공
금빛 머릿결 휘날리며
사랑 한 모금 안고 물 위로 오른다.

생일 축하

-김전자

나의 엄마 되어 줘서
고마워요
다음 생엔 친구로 만나
함께 늙어 가요.

봄나들이

-김차현

아무리 손짓해도
잠깐 머물다 가는
그대 뒷모습에도
아지랑이는 핀다.

그대처럼

-김차현

보고 있어도 그리운 봄꽃
온몸으로 반기며
벌써 내년을 기약한다.

산사의 기도

-김현태

무지갯빛 꺾어다
뜨락에 낭창낭창 걸어 놓고
간절함 가득 담은 채 매달려
파아란 하늘 쪼아댄다.

그리움

-김현태

까만 밤 촘촘히 수놓은 별
영혼의 속살까지 물들인 자리마다
사색의 그림자 돌돌 말아 올려
보고픔 소롯이 안고 빛난다.

애인

-김형순

빛 좋은 날 꽃단장하고 기다린다
짜릿한 포옹 후,
그대는 벌써 떠나려 한다.

비경

-김형순

마음의 고요 찾아
세상은 다시 열리고
우리는 일어나 경건히 맞이한다.

울 할머니

-김혜경

요즘 들어
굽은 허리 자꾸만 흔들리고
작은 발자국에도 소스라친다.

연둣빛 빈집

-김혜경

오순도순
웃음소리 사라지고
멀리 떠나간 님 생각에
눈물만 고인다.

시집가는 날

-김희란

연지 곤지 찍어 곱게 단장한 뒤
연분홍 수줍음 실어 놓고
당나귀 방울 소리 기다린다.

질문

-김희란

함부로 밟고 올라가니 좋아?
휴우, 난 돛단배를 만들었을 뿐이야
너른 바다를 항해하는 게 내 꿈이거든.

인연

-류광열

노오란 봄볕
얼빠진 채
장승 되어 바라본다.

행복 시작

-류광열

수줍음 걷어내고
함박웃음 터뜨렸다
흥이 솟아난 봄바람
춤사위로 덩실덩실.

사랑 고백

-명금자

영원히
변치 말자
주고받은 우리 언약
이승에서 천상까지.

부부

-명금자

살아서도 내 편
죽어서도 내 편
영혼까지 함께할
든든한 내 편.

재생

-모정자

해마다 재생할 수 있어 부러워
알알이 밝게 물든 노란 알맹이들
누구를 향해 손짓하고 있나.

희망

-모정자

꽃망울 아롱아롱 매어 있다
가지 마디 마디가 가슴속 몰아쉰다
살포시 뛰어가 깊숙이 담아 뒹굴어 볼까.

꼬마 동기

-문영미

키도 고만고만
하고 싶은 것두 참 많아
우리를 감당할 수 있겠어요.

멋진 인생

-문영미

사는 게 답답할 땐
나처럼
시원하게 웃어 봐.

추억처럼

-문인선

붉디붉게 영근 노래
방울 방울 굴리며 살자
푸르른 향기랑 손잡고.

사랑의 계단

-문인선

차근차근
이왕이면 맵시 있게
서둘지 말고 우아하게
오르고 또 오르자.

우리 아빠 찾아요

-박봉은

내 이름은
버려진 양심
우리 아빠 이름은
쓰레기예요.

철학자

-박봉은

어림없다

나 막을 자 누구냐

내가 못 나올 줄 알았지

나는 오늘도 존재한다.

일편단심

-박상은

그대 앞에만 서면
왜 이리 좋을까요
우린 한몸인가 봐요.

이별

-박상은

태풍이 불어왔나
고개 숙이고 떨어져 나뒹구는
저 쓸쓸함의 뒷얘기들.

사랑처럼

-박연식

가을도 아닌데
단풍이 불타고 있어요
봄날 긴 허리 베어 사렸다가
겨울밤 이불 되어 주고 싶어요.

약속

-박연식

큰 사랑 받고 태어났으니
큰 사랑으로 보답할게요.

나의 하늘엔

-박영숙

연분홍 구름 같은 꿈
반백이 되어서도
푸른 청춘 펼치네.

조언

-박영숙

저녁 노을빛에 두고 온
한 조각 꿈
강물은 넉넉한 마음으로
기다리라 하네.

추억 단상

-박지영

흔들어대는 바람의 숨결 붙잡고
방울방울 샘솟는 연민으로 수놓아
찬서리에 붉디붉은 낙엽이 되리.

기다림

-박지영

온갖 역경과 세파 속
꽁꽁 싸맨 채 멍울저
남몰래 가슴속에 피어난
저 애달픈 사랑.

설레임

-박치혜

고운 햇살로 단장한 채
까치발 디디고 고개 빼어
님 기다리고 있으니,
봄향기 실어 어서 오세요.

보여 줄까 말까

-박치혜

여민 속내가 늘 궁금했겠지
머지않아 품은 내 사랑
얼마나 화려한지 곧 알게 될 거야.

미처 하지 못한 말

-배순옥

눈물 끊어 먹고 버티셨나,
배꼽마다 젖송이들 저리 붉게 키워 놓고
뒤돌아보는 순간 하늘 업고 툭 떨어져 버린
땅에 핀 꽃 어머니,
그 숨결 모아 모아 감히 사랑이라 새긴다.

유혹

-배순옥

뜨거운 입김
후우우 불었을 뿐인데
꼭 잡은 손 놓아 버린 채
나는 또
바람 뿌리 잡으러 바람이 된다.

잊지 말아요

-배종숙

오로지
평생 당신에게만 바치는
이 마음.

옹기종기

-배종숙

자줏빛 옷고름 품어 안고
새날의 해맑은 향기 마중하는 듯
나비꿈에 촉촉이 젖어 있다.

어느 날

-서동영

허공에 두 팔 벌려
성긴 그물을 만들고
바람 길들여 몰이를 하다
회색빛 갯벌에 널려 있는
낭만을 주워 담는다.

짝사랑

-서동영

잡히지 않는 바람과
보이지 않는 추억과
만져지지 않는 그리움 속에
길 없는 길을 저 홀로 농익어 가는
열정.

정착

-서선영

난
거기까진 못 가겠어
그냥 이대로
여기서 살 거야.

뜨락에 서니

-서선영

아, 여고 시절
너와 내 모습
이곳에 다 있네
그리운 친구야!

봄 오는 소리

-서애숙

올 듯 말 듯
산책길 똑똑똑 노크하며
추억 담아 예쁜 열정 쏟는다.

합장

-서애숙

두 손 모은 사랑
설레임 채워
깊은 노을빛 안고
기도하고 있다.

상가의 의미

-서영란

어느 누군가에는
삶의 터전이요
여유로움의 장소요
연금보험이라오.

고택의 향기

-서영란

일상이 바쁠수록
절절이 더욱 안기고픈
그리움의 고향.

궁금·1

-서은옥

오만과 편견에
토라진 너와 나
언제쯤 화해할까.

궁금·2

-서은옥

저기 연결된
하늘 끝은
과연 어디일까요.

어떤 삶

-서희정

햇살 한줌 물 한 모금
먼지 한 톨만 있어도
나는 발을 뻗지
그 누구도
쑥쑥 자라는 날 막을 순 없지.

고봉밥

-서희정

하늘 문 열리자
쌓이는 그리움
"배고프지 많이 먹어라."
언제나 꾹꾹 눌러 담아주시던
어머니의 고봉밥.

가슴으로 품어

-설동찬

토닥토닥
한으로 피워낸 향기
때깔도 곱다.

수호신

-설동찬

옹이로 속살 채우고
기도로 버텨낸 세월
마을의 안녕을 위해
오늘도 고이 두 손 모은다.

익어 가는 사랑

-소정희

긴 세월 침묵 삭힌
어머니의 손맛
저리 수북히 쌓인 그리움.

할머니 독백

-소정희

말라 버린 몸
미소 속 앞니 하나
증손자들의 입맞춤 세례에
난 참 행복해.

비밀

-손영란

몰래 물들인 향기
이제는 말한다
점 하나로 무지개 피는
저 에뜨랑제.

자매 대화

-손영란

언니, 봄이지?

아직 아냐

왜?

꽃샘추위 잎샘추위 자매 지나가야 해.

염 원

-신옥비

휘영청 달빛 부서지는 날
마음 조각들 꿰매어
그대 가슴에 가 닿으리.

나비의 한마디

-신옥비

왜, 항상
뜨거운 열정이어야만 하는가
차가운 이성이 나는 더 좋다.

선물

-신희자

세월 진 매화나무
홍매화꽃 한가득
봄이면 받아 보는
설레임의 꽃다발.

세 자매

-신희자

칠월 여름날 봉선사
노랑 · 아리 · 연
세 자매가 예쁜 미소 보낸다
누가 더 이쁘냐고?
까다로운 심사 어찌할꺼나.

그리움

-심귀례

세월이란 놈

참 얄미운 놈

내 마음 넘보는 놈

이 텅 빈 가슴 언제쯤 채워질까.

이별 후

-심귀례

님 떠나 쓸쓸히 그리움 안고서
기다림의 긴 여정
오늘도 멍하니 하늘만 쳐다보고 있다.

어머니의 달밤

－양은정

허리 펼 날 없던
어머니의 아린 달밤들
하늘나라 가신 뒤에서야
그리움의 마당에
흰 보름달 되어 비춘다.

짝사랑

-양은정

당신의 회색빛 가슴에
마른 잔가지로 타들어 가는 목소리,
뻗어 가는 저 심장 소리 들리나요.

사랑의 속삭임

-양종숙

정열의 밤하늘에
달빛으로 수놓으면
어느덧
별빛 되어 흐른다.

나처럼

－양종숙

인고의 시간 거스려

예쁜 자태로

흐트러짐 없이 버텨 온 너.

산통

-양회락

꽃은
그냥 피는 게 아니었다
저 아찔한 혈흔의 흔적.

개구쟁이

- 양회락

할아버지집 곰돌이
나만 가면 업어 달라고 졸라요
좀 힘들어도 즐거워요.

희망

-유양업

햇살 아래 모여든 한 가족
무슨 궁리 저리 골똘할까
생육하고 번성하여
우리 조국 지켜내자.

침묵

-유양업

잔잔히 흐르는 의지
선연한 인연을 여백에 올려
긴긴 시간 노래하며 상흔 씻어 준다.

한 가족

-윤경자

우리는 늘
같이 자고
같이 먹고
같이 놀아요
사이좋게.

소통 창구

-윤경자

마닐라 변두리 마을
집집마다 상점마다
창살 문과 창살 창문 통해
물건 팔고 정도 주고.

거리 두기

-윤성택

여보, 춥고 무섭단 말이야
언제까지 이렇게 지내야 돼?
힘들어도 쬐끔만 더 참자
왜 그런지는 당신이 더 잘 알잖아.

쪽빛 그리움

-윤성택

세상이 열리는 그날부터
마주보며 그리워하다
시시각각 변하는 맘까지
숨길 수 없는 저 영원한 거울.

시집가네

-이강례

열아홉 설렌 가슴
청사초롱 불 밝힌 밤
어서 함 받아요,
신부 마음 쿵쾅쿵쾅.

열정

-이강례

못다 한 사랑
태우고 또 태워도 꺼지지 않고
오히려 황금 띠 두르고
기다리는 정열의 여신.

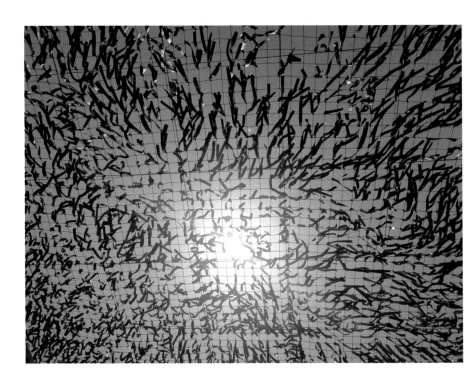

가을밤

−이강요

처량하고 허무한 마음 달랠 길 없어
그대 향한 그리움의 촛불만
부질없이 태우고 있다.

낙화

-이강요

혼신의 힘 다해 매달려 애원해 보아도
천명은 거역할 수 없는 것
차마 놓고 싶지 않은 삶이지만
언젠가 한 번은 오고야 말 숙명.

외갓집

-이명사

기다란 대나무 터널 지나
돌확에 졸졸 떨어진 추억
조롱박 든 사랑
달게 마셨지.

지구 파수꾼

-이명사

푸른 창공 흰구름 향한
키다리 장대
그 위에 의연히 앉아 있는
바람개비 하나.

장독대

-이명순

반질반질
어머니의 숨결이
숨쉬고 있다.

홍매화 꽃잎 흩어진 날

-이명순

오매 어쩐다냐

아까워서

이 길을 어떻게 걸어간다냐.

불면

―이병현

꽃들의 뒤척임 소리에
잠 못 이룬 밤.

깨달음

-이병현

늘 채울 줄만 알았는데
비우고 나니
가시 돋은 당신도
품을 수 있네요.

천륜

-이선주

세월의 상흔에도
앙증맞게 볼 비비며
재롱떠는 귀염둥이.

경계

-이선주

빗장 지른 담장 안에도
영혼의 꽃망울 터지는 봄
저리 꿈틀거리고 있다.

파수꾼

−이수진

하얗게 흩뿌리며 유혹해도
난 절대 한눈팔지 않아
님 오는 길 밝혀야 하니까.

새해 아침

-이수진

한 해 소원들이
나뭇가지에 알록달록
수없이 흔들어대는 칼바람에도
등불처럼.

사랑처럼

-이양자

떠오른 일출이
바위병풍을 구름으로 휘감으니
붉은 꽃 울산바위 그 빛 찬란하다.

우리는

－이양자

때묻지 않는
뿌꾸억 금모래 바닷가
한가로이 어깨동무 동심 푼다.

인연

-이여울

손 한 번 잡았을 뿐인데
나의 운명 전부를
당신이 가져가 버려
여태 끊을래야 끊을 수 없다.

기다림

-이여울

노란 불꽃으로 가슴앓이하다
그리움 씨앗으로 알알이 영글어
그대 오시는 날
천년 사랑의 탑 쌓으리.

누이

-이완소

재 너머 고모집 보리쌀 한 됫박 얻어 이고
고샅길 들어서니 진홍빛 노을 부서진다
산마루 걸터앉은 푸른 달빛
감자밭에 내려앉으면
막둥이 배고픔 달래 줄 하얀 꽃 춤춘다.

식구

-이완소

누이가 기대어 소원 빌었을
동생이 쪼그리고 엄마 기다렸을
낙엽 풀풀 날리는 저물녘 산골짜기
울 아버지 닮은 담벼락.

하얀 그리움

-이은정

마음 흔들어 놓고 간다
온종일 애달퍼도 제자리걸음
다가갈 수 없는 너와 나
커다란 아픔이 부딪혀 울부짖는다.

거꾸로 보기

-이은정

자연은 바라보는 것만으로도 좋다
사람도 그랬으면 좋겠다
선 하나 차이 그 알 수 없는 깊이.

재난

-이인환

장맛비 홍수로 떠밀려 온
짝 잃고 넋 나간 채
서러워 우는 새야
슬퍼 마 그 사랑
너를 찾아 꼭 올 거야.

기다림

-이인환

발길 멈춘 길섶에 아롱진 보고픔
붉은 그리움빛 바람 한 점 불러
하얀 고백 한 송이 띄우면
행여 메아리라도 돌아오려나.

자유로운 영혼

-이향숙

바다가 그립다
절망의 순간에도
손 내밀어 준
나의 안식처.

비움

−이향숙

세파에 일렁이는
마음 물결 다 지우고
기다림마저 지운다.

기쁜 이야기

-이혜진

기쁨의 환희 팡팡
봄소식 터뜨리는 웃음 물결
그 안에 가득한 행복 송이들.

가을 앞에서

−이혜진

살포시 얼굴 내밀고 있으면
햇빛이 이렇게 고운 빛으로 물들이며
새 옷 입혀 주니, 참 좋다!

부디

-이호준

저 나무들처럼
각자 색은 달라도
화이부동和而不同하시게.

절실함

−이호준

지구 온도 낮추기

인류 생존 위한

단 하나의 에움길.

새로운 도전

-임금남

한때 노란 나래 활짝 펴고
비상 꿈 꾸더니
드디어 출발 대기 중.

허세

-임금남

자연 속에 묻힌 호화 별장
권력이 뜨락을 에워싸고 있다.

사진첩

-임순이

헤아릴 수 없는
수많은 발자욱
지워지지 않도록
윤슬에 복사해
추억의 햇무리에 펼쳐 건다.

설렘

-임순이

새날들에 대한 갈망은
팽팽히
한 계단씩 올라서고 있다.

광주호

-임영희

연둣빛 속삭임 들려오는 호숫가
맑게 수채화 풀어놓고
봄향기 흔들어대는 사월의 초대장
새삼스레 돋아나는 수줍은 입맞춤
길 건너 향해 웃음꽃 띄운다.

화분에 괭이밥꽃

-임영희

비좁은 셋방살이 나직이 비켜 앉아
꿈 실은 고샅길로 한없이 달려간다
계절도 잊어버린 채 바라보는 그 미소.

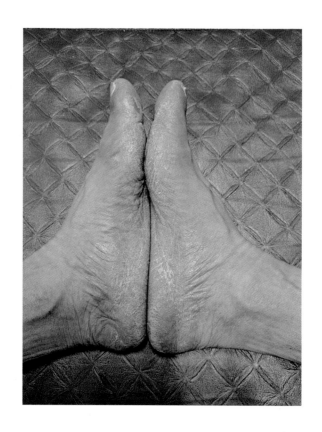

우주 바닥

-장순익

하늘 밑 나의 발이
이렇게 될 줄이야
양말 벗고서야 알았다.

깨달음

난 대나무처럼 꼿꼿하게
소나무처럼 늘 푸르게
국화처럼 늦게까지
짙은 향기 주고 가련다.

그리움

-장헌권

저 하늘 아래
흔들리는 노래
남몰래 흐르는
바다의 눈물.

바라만 볼 뿐

-장헌권

갈라진 세월 얼마인가
그저 보고픈 마음
저쪽과 이쪽은
원래 하나가 아닌가.

친구

-전숙경

홀로 있을 때
외로움 나누고
손 내밀 때
언제나 닿아 잡아 주는
따스한 가슴.

사랑 고백

-전숙경

마음 도려내는 아픔 겪는다 해도
품었던 맘 저 멀리 밀어낼래요.

아름다운 이별

-전예라

터널 지나듯
꽃비 내리듯
그렇게 간다.

새처럼 날고파

-전예라

곱디고운 시절
구릿빛처럼 그을린 분노
앙다문 주먹 꽈악 움켜쥔 채
고향 하늘만 넋 잃고 바라보고 있다.

홀로 서기

-전춘순

할머니 등처럼
하늘을 혼자 다 짊어지고
가쁜 숨 몰아쉬면서
산 아래서 밀려오는
안개로 목 축이고 서 있다.

토방에서

-전춘순

소꿉놀이 동무들
옹기종기 둘러앉아
옛 얘기꽃 피우다
추억 먹으며
꽃 핀 봄날 기다린다.

평등

-정경균

눈물 앞에 강자 없고
부모도 자식 눈물에 두 손 들고
큰 죄인도 신 앞에 울면 용서한다
한 방울의 눈물이 감동을 준다.

그리움

-정경균

애벌레 때의 모습이 떠오른다
고민도 걱정도 없었다
놀다가 엄마가 부르면 다 놔 두고 갔다
그 시절이 그립다.

내 사랑

-정명자

꿈속에서 헤매던 첫사랑
쏙 빼닮은 홍노루귀 만나
행복해요.

짝사랑

-정명자

멀리서 바라만 보아도 행복해요
꿈속에서나마 만나 사랑할래요.

사랑

-정순애

그리움 꽁꽁 싸맨 채 얼어

눈 속에 쌓인 시린 가슴

한 방울 한 방울 녹이면

햇살 머금은 입가에 피어난

붉디붉은 미소.

궁금

-정순애

파아란 구름 속에 숨어 있다
핑크빛 바람 타고 날아왔나
무지갯길 사랑 타고 날아왔나.

격리

-정옥남

지금 벌 받고 있는 게 아니야
혼자 사색 중이야
이곳 차 지붕은
신기한 세상
하늘도 아래로 보여.

나 홀로

-정옥남

엄마 기다리고 있어요
이 외딴 섬에서.

엄숙하게

-정이성

청아한 하늘 바라보는 형제
나목을 증인으로 삼아
변함없는 우애 굳게 다짐한다.

농부의 꿈

-정이성

흰구름 품에 안고
씨앗 뿌리는 기도
활짝 웃으며 꽃노래 들려준다.

노파

-정주이

굳은살 위로 배어든 상흔
빛바랜 울음 한 점
고뇌의 끌 타고
달빛 한 구절
풀어놓는다.

고독

-정주이

가슴앓이로 홀로 지샌 긴 밤
숱한 시련 견디다
이토록 맵고 쓰린 속품에
해종일 토해내는 그리움.

꿀

-정찬열

의문의 떼죽음에
오지 않은 벌나비 떼
나라도 기도하며 먹어야겠다.

아기꽃

-정찬열

엄마 곁이 좋아서일까
엄마 등에서
어리광 피워 본다
따스한 어느 봄날에.

고독

-조계칠

독불장군처럼
몇 만 년 퇴적된 쓸쓸함 끌어안고
혼자 읊조리고 있다.

사랑의 신전

-조계칠

태곳적 신비의 여인
그 경이로운 요강바위.

영원히

-조규칠

이왕 사랑했으니

끝까지 사랑할게요

이 몸 부서지는 그날까지

한결같이 기다리며 사랑할게요.

이산가족 상봉

좀 더 친친

감싸 안아 줘요

더 이상 외롭지 않게

다시는 눈물 흘리지 않게.

누굴 탓하겠습니까

-조정일

강가에 태어난 죄
홍수 때 피하지 못한 죄
스스로 치우지 못한 죄
이대로 사는 수밖에요.

기도

-조정일

사는 동안 밟히지 않게 하시고
열매에 바람개비가 풍성하게 하시고
멀리 날아 가나안 땅에 안착하게 하소서.

노을로 쓴 시

-주영희

봄날이면 나타나
한바탕 붉디붉게
하늘바다에
시 한 수 적고 간다.

슬픈 꽃말 때문에

-주영희

자신을 사랑하여 물가에 핀
그 슬픈 사연이 싫어
이렇게 들에 무리지어 꽃 피웠나.

동행

−채백령

비바람에 흔들려도
난 두렵지 않아
위로와 힘이 되어주는
든든한 내 편이 있어서.

우정

-채백령

환히 웃으며
더 아름다운 세상을 꿈꾸는 너
내가 따스한 바람이 되어 줄게
넌 멋지게 날아오를 준비만 하면 돼.

슬픔

-최기숙

까칠한 숲에 고인 피
입술 누르고 또 누르며
울고 또 울었다.

격려

-최기숙

하늘에서 한 문장이 날라왔다
포기하면 절대 안 돼
너는 나의 시간을 이어가야 해.

기다림

-최세환

해와 달의 발씨 약속 뿌려
싸라기별 된 비, 바람, 눈, 구름
나뭇가지에 보금자리 틀고서
푸른 주인 기다린다.

그리움

-최세환

화마 속 불길 목 껴안고
내 갈 길 잡아 주던 미소
오늘도 그 얼굴 없는데
부는 밤바람에
나비 날개 춤사위만 너울너울.

환희

-최승벽

꽃잎에 짙게 깔리는
노란 숨결
고매한 눈길 좇아 빛나는
꿈의 빛깔.

기도

-최승벽

어두운 곳에서
까치발 디디고
오로지 한곳 향해
마음 밝히다.

연륜年輪

-최윤화

질곡의 세월 속
뜨거웠던 사랑일지라도
고스란히 지워지고 있다.

수묵화

-최윤화

닿을 듯 말 듯
천길 뿌리 내린 그리움
정겨운 물안개로 겹겹 감싸 준다.

꽃비빔밥

-홍영숙

새벽까지 꽃밥 비비느라
날밤 새는 정성
매운 바람 소리 가슴에 녹이며
꽃잎 구르는 소리와 함께 쓰윽쓰윽.

별사別辭

-홍영숙

앗, 뜨거!
복달임에 달아오르더니
어느새 낙엽은 서러워
안착하고파
녹향에 문신하는 꽃별.

바로

-황애라

어느 별에서 떨어진 걸까
입동 비바람에 날리다가
낯선 땅 낯선 풍경 지나
다다른 곳, 너의 품이었구나.

치유

-황애라

상흔의 자리에
마음 한 쪽 내어주며
토닥 토닥.

자갈치 아지매

-박덕은

자꾸만 바닥으로 내모는
비탈을 가슴으로 껴안으며
저 높은 계단 끝까지 바다를 져 나르느라
허기져 겹겹이 접힌 주름들,
난생 처음 바라보는 엄마의 뒷모습.

한실문예창작 지도 교수 프로필

문학박사 박덕은(닉네임:낭만대통령)

　해학, 위트, 유머, 재치가 넘치는 지도 교수 박덕은 시인의 삶은 열정과 신념으로 가다듬은 130권의 저서에서 다채로운 향기를 풍기고 있다. 그리고 그 향기에 취한 '시를 사랑하는 사람들'과 함께 늘 시심을 가다듬기에 여념이 없다.

　시를 쓰며 문학을 사랑하며 자신이 택한 길을 올곧게 달려가고 있는 그는 현재 서울을 비롯하여 광주, 나주, 순창, 정읍, 곡성뿐만 아니라 미국, 베트남, 일본, 앙골라, 두바이, 캐나다 등까지 시향을 펼치기 위해 오늘도 정성과 최선을 다하고 있다.

　아프리카tv "낭만대통령의 문학토크"(1,867회 돌파)와 각 문학회 문학 강좌를 통하여 460여 명의 작가 배출, 1,140여 개의 전국구 문학상 수상 등의 알찬 열매도 거두고 있다.

〈박덕은 프로필〉

☎대한민국 010-4606-5673

* E-mail: herso@hanmail.net
* 대한민국 전남 화순 출생
* 전북대학교 문학박사
* 전) 전남대학교 인문대학 교수
* 전) 전남대학교 국어국문학과장
* 현) 한실문예창작 지도 교수
* 현) 새한일보 논설위원
* 현) 대한미협 부이사장
* 아시아 문학 명인
* 국제문화예술 명인
* 글로벌 시인 명인
* 시인
* 소설가
* 문학평론가
* 희곡작가
* 동화작가
* 수필가
* 시조시인
* 동시인

* 사진작가
* 사진작품 전시회 1회
* 제42회 대한민국 현대 미술대전 사진 금상 수상
* 제24회 대한민국 현대미술대전 사진 특선 수상
* 국민행복 사진대전 대상 수상
* 한강 사진대전 대상 수상
* 사진 작가상 수상

* 화가
* 박덕은 서양화 개인전 3회
* 박덕은 서양화 초대전 3회
* 박덕은 서양화 단체전 50회
* 서울 인사동 인사아트프라자 갤러리 개인전
* 남촌미술관 박덕은 서양화 초대전
* 정읍시 박덕은 교수 서양화 초대전
* 광주 패밀리스포츠파크 갤러리 박덕은 서양화 초대전
* 한국노동문화예술협회 초대작가
* 대한민국유명작가전 초대작가
* 대한민국문화예술인총연합회 추천작가
* 제9회 대한민국예술대전 대상 수상
* 제33회 한국노동문화예술제 미술대전 대상 수상
* 제22회 올해의 작가 초대전 대상(한국예총상) 수상
* 제17회 국제종합예술대전 대상 수상

* 제48회 L.A. 페스티벌 미술대전 대상 수상
* 제32회 국제현대미술 우수가전 대상 수상
* 2021 비엔날레 미술대전 대상 수상
* 한강 문화예술대전 대상(미술 훈장) 수상
* 제9회 한국창작문화예술대전 대상 수상
* 2021 국민행복 미술대전 대상 수상
* 2020 제주국제미술관 유채꽃 미술대전 대상 수상
* 2022 여울 미술대전 대상 수상
* 2022 소망나비 미술대전 대상 수상
* 제17회 국제종합예술대전 금상 수상
* 제17회 국제종합예술대전 우수상 수상
* 제17회 국제종합예술대전 특선(1) 수상
* 제17회 국제종합예술대전 특선(2) 수상
* 제46회 충청북도 미술대전 서양화 수상
* 2021 대한민국 한석봉 미술대전 금상 수상
* 2021 대한민국 한석봉 미술대전 은상 수상
* 2021 대한민국 한석봉 미술대전 금상 수상
* 2021 대한민국 한석봉 미술대전 은상 수상
* 제17회 평화미술대전 서양화 입선(1) 수상
* 제17회 평화미술대전 서양화 입선(2) 수상
* 제53회 전라북도 미술대전 서양화 특선 수상
* 제14회 대한민국낙동예술대전 서양화 특선 수상
* 제14회 대한민국낙동예술대전 서양화 입선 수상
* 제9회 한국창작문화예술대전 서양화 특선 수상
* 2021 대한민국 나비미술대전 한국예총상 수상
* 제12회 3·15 미술대전 서양화 입선 수상
* 2021 대한민국 생활미술대전 서양화 특별상 수상
* 2021 대한민국 생활미술대전 서양화 입선 수상
* 제10회 국제기로 미술대전 서양화 금상 수상
* 제6회 무궁화서화대전 서양화 금상 수상
* 제6회 무궁화서화대전 서양화 특선(1) 수상
* 제6회 무궁화서화대전 서양화 특선(2) 수상
* 제19회 대한민국 회화대상전 서양화 특별상 수상
* 제19회 대한민국회화대상전 서양화 특선 수상
* 제41회 국제현대미술대전 서양화 동상 수상
* 제41회 국제현대미술대전 서양화 입선(1) 수상
* 제41회 국제현대미술대전 서양화 입선(2) 수상
* 제41회 국제현대미술대전 서양화 입선(3) 수상
* 제41회 국제현대미술대전 서양화 입선(4) 수상
* 제13회 국제친환경현대미술대전 서양화 특선 수상
* 제13회 국제친환경현대미술대전 서양화 입선 수상
* 제38회 대한민국신미술대전 서양화 특선 수상
* 제56회 인천 미술대전 서양화 입선 수상
* 2020 음성 명작페스티벌 회화 동상 수상
* 제1회 청송야송 미술대전 서양화 특선 수상

* 제16회 온고을 미술대전 서양화 특선 수상
* 제5회 무궁화 서화대전 서양화 금상 수상
* 제41회 현대 미술대전 비구상 입선 수상
* 제41회 현대 미술대전 사진 특선 수상
* 제1회 청송야송 미술대전 서양화 특선 수상
* 제13회 힐링 미술대전 서양화 입선 수상
* 제52회 전라북도 미술대전 서양화 특선 수상
* 제6회 모던아트 대상전 서양화 특선 수상
* 제5회 무궁화 서화대전 서양화 동상 수상
* 제5회 무궁화 서화대전 서양화 특선 수상
* 제8회 아트챌린저 서양화 특선(1) 수상
* 제8회 아트챌린저 서양화 특선(2) 수상
* 제30회 어등 미술대전 서양화 입선 수상
* 제48회 강원 미술대전 서양화 특선 수상
* 제48회 강원 미술대전 서양화 입선 수상
* 제36회 무등 미술대전 서양화 입선 수상
* 제24회 관악 현대미술대전 서양화 입선 수상
* 2020 예끼마을 미술대전 서양화 입선 수상
* 제1회 천성 문화예술대전 서양화 특선 수상
* 제1회 천성 문화예술대전 서양화 입선 수상

* 한국시연구회 이사
* 한국아동문학 동화분과위원장
* 녹색문단 이사
* 문학사랑신문 고문
* 한국노벨재단 이사
* 서울예술상 문학 대상 수상
* 대중문화예술 대상 수상
* 미술작가상 수상
* 사랑비 미술 대상 수상
* 공로 훈장상 수상
* 문화 훈장상 수상
* 출판 훈장상 수상
* 미술 훈장상 수상
* 문학 훈장상 수상
* 수필 훈장상 수상
* 국민 공로상 수상
* 세계 평화상 수상
* 사회 봉사상 수상
* 무궁화 훈장상 수상
* 전시 훈장상
* 문학평론 훈장상
* 한국문학지도자 훈장상
* 번역 훈장상
* 재능나눔공헌 대상 수상

* 서울특별시의원 의장상 수상
* 광주문인협회 특별공로상 수상
* 광주시인협회 공로상 수상
* 광주광역시장 공로 표창장 수상
* 뉴스투데이(2010년 5월호) 커버스토리
* 위대한 대한민국인(2020년 10월호) 커버스토리
* 전국 박덕은 백일장 개최

* 부드런 문학회 지도 교수
* 향그런 문학회 지도 교수
* 방그레 문학회 지도 교수
* 푸르른 문학회 지도 교수
* 탐스런 문학회 지도 교수
* 싱그런 문학회 지도 교수
* 둥그런 문학회 지도 교수
* 온스런 문학회 지도 교수
* 떠오른 문학회 지도 교수
* 포시런 문학회 지도 교수
* 꽃스런 문학회 지도 교수
* 꿈스런 문학회 지도 교수
* 에스런 문학회 지도 교수
* 참다운 문학회 지도 교수
* 씨밀레 문학회 지도 교수
* 바로 문학회 지도 교수

* 중앙일보 신춘문예 문학평론 당선
* 전남일보(現:광주일보) 신춘문예 동화 당선
* 새한일보 신춘문예 시 당선
* 동양문학 신춘문예 시 당선
* 김해일보 시민문예 남명문학상 시 당선(제1회)
* 창조문학신문 신춘문예 성시 당선
* 사이버 중랑 신춘문예 시 당선
* 경북일보 호미 문학상 수필 당선
* 시문학 시 추천 완료
* 문학공간 소설 추천신인상 수상
* 문학세계 희곡 신인문학상 수상
* 아동문예 소년소설 신인문학상
* 문예사조 수필 신인문학상 수상
* 시와 시인 시조 청학신인상 수상
* 아동문학평론 동시 신인문학상
* 아동문학 동시 신인문학상 수상
* 문학공간 본상(장편소설) 수상
* 위대한 대한민국 국민대상(문학발전부문) 수상
* 항공 문학상 우수상(시) 수상
* 여수해양 문학상(시) 수상

* 문학세계 문학상 대상(동화) 수상
* 타고르 문학상 작품상(시) 수상
* 타고르 문학상 대상(문학평론) 수상
* 윤동주 문학상 대상(문학평론) 수상
* 윤동주 문학상 우수상(시) 수상
* 모산 문학상 대상(시) 수상
* 대한시협 문학상 대상(수필) 수상
* 시인마을 문학상 대상(시) 수상
* 문화예술 대상 수상
* 제헌절 문학상 대상(시) 수상
* 문학사랑 문학상 대상(시) 수상
* 한하운 문학상(시) 수상(제1회)
* 계몽사 아동문학상(동시) 수상
* 사하 모래톱 문학상(수필) 수상
* 한국 문예 문학상(시) 수상(제1회)
* 한국 아동 문화상(동시) 수상
* 한국 아동 문예상(동화) 수상
* 오은 문학상 특별 문학 대상(시) 수상
* 큰여수신문 문학상 특별 대상(시) 수상
* 광복절 문학상 대상(시) 수상
* 제헌절 문학상 대상(시) 수상
* 아동문예작가상(동시) 수상
* 광주 문학상 수상(제1회)
* 전라남도 문화상 수상
* 노계 문학상 이사장상(시) 수상
* 생활문예대상(수필) 수상
* 한양 도성 문학상(시) 수상
* 지구사랑 문학상(시) 수상
* 한화생명 문학상(시) 수상
* 경기 수필 문학상(수필) 수상
* 우리숲 이야기 문학상(수필) 수상
* 부산진 시장 문학상(시) 수상
* 이준 열사 문학상(시) 수상
* 안정복 문학상 은상(시) 수상(제1회)
* 커피 문학상 금상(시) 수상
* 독도 문학상(시) 수상
* 백두산 문학상(시) 수상
* 한라산 문학상(시) 수상
* 금강산 문학상(시) 수상
* 연해주 문학상(시) 수상
* 대동강 문학상(시) 수상
* 진달래 문학상 시 대상 수상
* 한민족문예제전 최우수상(시) 수상
* 공주 시립도서관 문학상(시) 수상
* 아리 문학상(수필) 수상
* 인문학 문학상(수필) 수상
* E마트 문학상(수필) 수상
* 샘터 시조 문학상(시조) 수상
* 이야기 문학상(수필) 수상
* 부산문화글판 공모전 수상
* 정읍 문학상(시) 수상
* 효 문화 콘텐츠 문학상 우수상(시) 수상
* 삼해시 문학상 은상(시) 수상(제1회)
* 샘터 수필 문학상(수필) 수상
* 한강 문학상 대상 수상
* 한강 거리전시 시비 대상 수상
* 한강 문학상 문학평론 대상 수상
* 겨울눈꽃 문학상 수상
* 하늘꽃 문학상 수상
* 대한민국 창작대전 시화 대상 수상
* 대한민국 창작대전 수필 대상 수상
* 이병주 하동 디카시 국제 문학상 수상(제1회)
* 경남 고성 디카시 문학상 수상(제1회)
* 서울 디카시 문학상 수상(제1회)
* 현대시문학상 디카시 문학상 수상(제1회)
* 사랑비 디카시 문학상 대상 수상(제1회)
* 문학공간 디카시 문학상 대상 수상(제1회)
* 오은문학 디카시 문학상 대상 수상(제1회)
* 봉평 디카시 대전 대상 수상(제1회)
* 철쭉꽃 문학상 디카시 대상 수상(제1회)
* 소망나비 디카시대전 대상 수상(제1회)
* 대동강 디카시대전 대상 수상(제1회)
* 디카시 훈장상 수상(제1회)
* 윤동주별문학상(시) 수상
* 사육신 문학상(시) 수상
* 삼보 문학상(시) 수상
* 황금펜 문학상(시) 수상
* 한미 문학상(시) 수상
* 황금찬 문학상(시) 수상
* 유관순 문학상(시) 수상
* 시조 문학상(시조) 수상
* 한강 문학상(시) 수상
* 청계 문학상(시) 수상
* 세종문예 문학상(시) 수상
* 남명문화제 시화문학상(제3회) 국회의원상 수상
* 시인이 되다 빛창 문학상(시) 수상
* 제헌절 삼행시 대상(삼행시) 수상
* 국민행복어울 문학상 금상(삼행시) 수상
* 전국 기록사랑 백일장 금상(시) 수상
* 전국 상록수 백일장 장원(시) 수상

* 전국 김영랑 백일장 대상(시) 수상
* 전국 밀양아리랑 백일장 장원(시) 수상
* 전국 김소월 백일장 준장원(시) 수상
* 전국 박용철 백일장 특선(시) 수상
* 전국 박용철 백일장 특선(수필) 수상
* 전국 영산강 백일장 우수상(시) 수상
* 전국 서래섬배 (시) 수상
* 전국 평택사랑 백일장(시) 수상
* 전국 만해 한용운 백일장(시) 수상
* 전국 이효석 백일장(수필) 수상
* 전국 한강 백일장 장원(시) 수상
* 전국 미당 서정주 백일장(시) 수상
* 글나라 백일장 우수상(수필) 수상

* 문학이론서 [현대시창작법] 등 18권, 시집 [당신] 등 25권, 수필집 [창문을 읽다] 등 3권, 소설집 [황진이의 고독] 등 7권, 아동문학서 [살아 있는 그림] 등 11권, 번역서 [소설의 이론] 등 6권, 건강서 [미네랄과 비타민] 등 5권, 교양서 [세계를 빛낸 사람들] 등 57권, 총 저서 130권 발간

★박덕은의 저서 발간 현황★

〈박덕은 문학 이론서 발간 현황〉
제1문학이론서 〈현대시창작법〉
제2문학이론서 〈현대 소설의 이론〉
제3문학이론서 〈문학연구방법론〉
제4문학이론서 〈소설의 이론〉
제5문학이론서 〈현대문학비평의 이론과 응용〉
제6문학이론서 〈문체론〉
제7문학이론서 〈문체의 이론과 한국현대소설〉
제8문학이론서 〈한국현대소설의 이론과 적용〉
제9문학이론서 〈시의 이론과 창작〉
제10문학이론서 〈해금작가작품론〉
제11문학이론서 〈디코럼 언어영역〉
제12문학이론서 〈논술 고사 정복〉
제13문학이론서 〈심층면접 구술 고사 정복〉
제14문학이론서 〈둥글과 언어영역〉
제15문학이론서 〈논술교실〉
제16문학이론서 〈꿈샘 논술〉
제17문학이론서 〈시인 신석정 연구〉
제18문학이론서 〈시 속에 흐르는 광주 정신〉

〈박덕은 시집 발간 현황〉
제1시집 〈바람은 시간을 털어낸다〉
제2시집 〈거시기〉

제3시집 〈무지개 학교〉
제4시집 〈케노시스〉
제5시집 〈길트기〉
제6시집 〈갇힘의 비밀〉
제7시집 〈소낙비 오는 정오에〉
제8시집 〈자유人.사랑人〉
제9시집 〈나찾기〉
제10시집 〈지푸라기〉
제11시집 〈동심이 흐르는 강〉
제12시집 〈자그만 숲의 사랑 이야기〉
제13시집 〈사랑한다는 것은〉
제14시집 〈느낌표가 머무는 공간〉
제15시집 〈그대에게 소중한 사랑이 되어.1〉
제16시집 〈그대에게 소중한 사랑이 되어.2〉
제17시집 〈둥지 높은 그리움〉
제18시집 〈곶감 말리기〉
제19시집 〈사랑의 블랙홀〉
제20시집 〈나는 그대에게 늘 설레임이고 싶다〉
제21시집 〈내 가슴이 사고 쳤나 봐〉
제22시집 〈당신〉
제23시집 〈나는 매일 밤 바람과 함께 사라진다〉
제24시집 〈Happy Imagery〉
제25시집 〈독도〉

〈박덕은 수필집 발간 현황〉
제1수필집 〈창문을 읽다〉
제2수필집 〈Read the window〉
제3수필집 〈5 · 18〉

〈 박덕은 소설집 발간 현황〉
제1소설집 〈죽음의 키스〉
제2소설집 〈양귀비의 고백〉(풍류여인열전.1)
제3소설집 〈황진이의 고독〉(풍류여인열전.2)
제4소설집 〈일타홍의 계절〉(풍류여인열전.3)
제5소설집 〈이매창의 사랑일기〉(풍류어인열전.4)
제6소설집 〈서울아라비안나이트〉
제7소설집 〈금지된 선택〉

〈 박덕은 번역서 발간 현황〉
제1번역서 〈소설의 이론〉
제2번역서 〈철학의 향기〉
제3번역서 〈사랑하는 사람 가슴에 싶어주고픈 말〉
제4번역서 〈철학자의 터진 옷소매〉
제5번역서 〈세계 반란사〉
제6번역서 〈한국 반란사〉

< 박덕은 아동문학서 발간 현황 >
제1아동문학서 〈살아있는 그림〉
제2아동문학서 〈3001년〉
제3아동문학서 〈무지개학교〉
제4아동문학서 〈동심이 흐르는 강〉
제5아동문학서 〈곶감 말리기〉
제6아동문학서 〈서울 걸리버 여행기〉
제7아동문학서 〈돼지의 일기〉
제8아동문학서 〈해외 신화〉
제9아동문학서 〈마녀 헤르소의 모험〉(1권)
제10아동문학서 〈마녀 헤르소의 모험〉(2권)
제11아동문학서 〈들개의 길〉

< 박덕은 교양서 발간 현황 >
제1교양서 〈해학의 강〉
제2교양서 〈바보 성자〉
제3교양서 〈미네르바의 부엉이는 황혼녘에 날은다〉
제4교양서 〈멋진 여자, 멋진 남자〉
제5교양서 〈우화 천국〉
제6교양서 〈나만 불행한 게 아니로군요〉
제7교양서 〈나만 행복한 게 아니로군요〉
제8교양서 〈나만 어리석은 게 아니로군요〉
제9교양서 〈행복한 바보 성자〉
제10교양서 〈느낌이 있는 꽃〉
제11교양서 〈흔들림이 있는 나무〉
제12교양서 〈사랑하는 사람 가슴에 심어주고픈 말〉
제13교양서 〈철학의 향기〉
제14교양서 〈철학가의 터진 옷소매〉
제15교양서 〈창녀에서 수녀까지, 건달에서 황제까지〉
제16교양서 〈무희에서 스타까지, 게이에서 성자까지〉
제17교양서 〈사랑의 향기〉
제18교양서 〈황제 방중술〉
제19교양서 〈우리 역사의 난〉
제20교양서 〈명작 속 명작〉
제21교양서 〈쉽고 재미있는 철학 이야기〉(1)
제22교양서 〈쉽고 재미있는 철학 이야기〉(2)
제23교양서 〈쉽고 재미있는 철학 이야기〉(3)
제24교양서 〈역사 속 역사〉
제25교양서 〈세계 반란사〉
제26교양서 〈한국 반란사〉
제27교양서 〈행복을 위한 작은 책〉
제28교양서 〈세계 명사들의 러브 스토리〉
제29교양서 〈나의 가장 소중한 사람에게〉
제30교양서 〈세계를 빛낸 과학자〉

제31교양서 〈세계를 빛낸 정치가〉
제32교양서 〈세계를 빛낸 명장〉
제33교양서 〈세계를 빛낸 탐험가〉
제34교양서 〈세계를 빛낸 미술가〉
제35교양서 〈세계를 빛낸 음악가〉
제36교양서 〈세계를 빛낸 문학가〉
제37교양서 〈세계를 빛낸 철학가〉
제38교양서 〈세계를 빛낸 사상가〉
제39교양서 〈세계를 빛낸 공연가〉
제40교양서 〈해외 신화〉
제41교양서 〈읽으면 행복한 책〉
제42교양서 〈세기의 로맨스. 1〉
제43교양서 〈세기의 로맨스. 2〉
제44교양서 〈세기의 로맨스. 3〉
제45교양서 〈세기의 로맨스. 4〉
제46교양서 〈우리 명작 50선〉
제47교양서 〈세계 명작 50선〉
제48교양서 〈이솝 우화〉(공저)
제49교양서 〈나는 화려한 물음표보다 정직한 느낌표를 만드는 사람이 더 좋다〉
제50교양서 〈신은 우리의 키스 속에도 있다〉
제51교양서 〈대학가의 해학퀴즈 모음집〉
제52교양서 〈뽕따일보〉
제53교양서 〈도토리 서 말〉
제54교양서 〈위트〉
제55교양서 〈청춘이여 생각하라〉
제56교양서 〈성공 DNA〉 제1권
제57교양서 〈성공 DNA〉 제2권

<박덕은 건강서 발간 현황>
제1건강서 〈내 몸에 꼭 맞는 영양 가이드〉
제2건강서 〈비타민과 미네랄, 그리고 떠오르는 영양소〉
제3건강서 〈내 몸에 꼭 맞는 다이어트-제1권 비만 원인〉
제4건강서 〈내 몸에 꼭 맞는 다이어트-제2권 비만 탈출〉
제5건강서 〈내 몸에 꼭 맞는 항암 식품〉

이상 총 저서 130권 발간

한실문예창작 문우들의 빛나는 열매들

지도 교수 박덕은 박사의 제자들 신인문학상 수상 현황

☆ 시조 부문 신인문학상 수상자

김형순 시인(방그레 문학회)
김승환 시인(방그레 문학회)
이선주 시인(둥그런 문학회)
강만순 시인(싱그런 문학회)
강덕순 시인(방그레 문학회)
윤성택 시인(부드런 문학회)
김봉숙 시인(둥그런 문학회)

☆ 시 부문 신인문학상 수상자

서은옥 시인(향그런 문학회)
윤경자 시인(꽃스런 문학회)
이명순 시인(탐스런 문학회)
나상은 시인(향그런 문학회)
조규칠 시인(향그런 문학회)
장순익 시인(꽃스런 문학회)
김혜숙 시인(향그런 문학회)
김봉숙 시인(둥그런 문학회)
이명사 시인(탐스런 문학회)
이양자 시인(탐스런 문학회)
이향숙 시인(탐스런 문학회)
정윤남 시인(둥그런 문학회)
김현태 시인(향그런 문학회)
김용주 시인(탐스런 문학회)
윤성택 시인(부드런 문학회)
최세환 시인(탐스런 문학회)
조주이 시인(향그런 문학회)
이은정 시인(부드런 문학회)
노연희 시인(꽃스런 문학회)
정영희 시인(향그런 문학회)
정달성 시인(향그런 문학회)
나삼순 시인(향그런 문학회)
강혜란 시인(탐스런 문학회)
최미애 시인(포시런 문학회)
이수진 시인(포시런 문학회)
정영희 시인(꽃스런 문학회)
최선화 시인(꽃스런 문학회)
김이향 시인(탐스런 문학회)
유양업 시인(탐스런 문학회)
최길숙 시인(포시런 문학회)
최미자 시인(포시런 문학회)
나세연 시인(향그런 문학회)
김송월 시인(탐스런 문학회)
김관훈 시인(포시런 문학회)
이춘순 시인(포시런 문학회)
배종숙 시인(성스런 문학회)
김부배 시인(포시런 문학회)
최희정 시인(향그런 문학회)

한승희 시인(둥그런 문학회)
정경옥 시인(둥그런 문학회)
황조한 시인(둥그런 문학회)
정봉애 시인(싱그런 문학회)
전지현 시인(싱그런 문학회)
전숙경 시인(포시런 문학회)
정회만 시인(부드런 문학회)
조정일 시인(둥그런 문학회)
박향미 시인(부드런 문학회)
정점례 시인(부드런 문학회)
박계수 시인(부드런 문학회)
황애라 시인(부드런 문학회)
위향환 시인(둥그런 문학회)
차은자 시인(향그런 문학회)
이후남 시인(포시런 문학회)
정순애 시인(싱그런 문학회)
최기숙 시인(부드런 문학회)
전금희 시인(포시런 문학회)
이숙재 시인(포시런 문학회)
임병민 시인(부드런 문학회)
강현옥 시인(포시런 문학회)
백인옥 시인(포시런 문학회)
손수영 시인(부드런 문학회)
이현숙 시인(부드런 문학회)
김태환 시인(포시런 문학회)
서정화 시인(싱그런 문학회)
송인영 시인(부드런 문학회)
문혜숙 시인(둥그런 문학회)
문재규 시인(포시런 문학회)
신점식 시인(포시런 문학회)
주경숙 시인(포시런 문학회)
주경희 시인(포시런 문학회)
이두원 시인(둥그런 문학회)
고경희 시인(둥그런 문학회)
이연정 시인(둥그런 문학회)
최태봉 시인(싱그런 문학회)
문인자 시인(싱그런 문학회)
김미경 시인(둥그런 문학회)
김숙희 시인(부드런 문학회)
임종준 시인(해돋이 문학회)
윤상현 시인(해돋이 문학회)
권자현 시인(해돋이 문학회)
정연숙 시인(둥그런 문학회)
형광석 시인(둥그런 문학회)
김현정 시인(둥그런 문학회)
문영미 시인(싱그런 문학회)
이숙희 시인(싱그런 문학회)
허소영 시인(해돋이 문학회)
백옥순 시인(향그런 문학회)
이서영 시인(싱그런 문학회)

이호준 시인(향그런 문학회)
박홍순 시인(둥그런 문학회)
박은영 시인(향그런 문학회)
소귀옥 시인(싱그런 문학회)
박봉은 시인(포시런 문학회)
김은주 시인(둥그런 문학회)
장헌권 시인(해돋이 문학회)
김용숙 시인(부드런 문학회)
임순이 시인(싱그런 문학회)
김영욱 시인(해돋이 문학회)
김영순 시인(둥그런 문학회)
김혜숙 시인(둥그런 문학회)
김순정 시인(향그런 문학회)
고명순 시인(둥그런 문학회)
김옥희 시인(둥그런 문학회)
강정숙 시인(부드런 문학회)

☆ 시조 부문 신인문학상 수상자

강덕순 시조 시인(방그레 문학회)
류광열 시조 시인(싱그런 문학회)
김현태 시조 시인(향그런 문학회)
이수진 시조 시인(포시런 문학회)
노연희 시조 시인(꽃스런 문학회)
유양업 시조 시인(탐스런 문학회)
황귀옥 시조 시인(온스런 문학회)
김영순 시조 시인(탐스런 문학회)
배종숙 시조 시인(포시런 문학회)
강순옥 시조 시인(포시런 문학회)
김부배 시조 시인(포시런 문학회)
이인환 시조 시인(포시런 문학회)

☆ 수필 부문 신인문학상 수상자

황길신 수필가(포시런 문학회)
이선자 수필가(탐스런 문학회)
현부덕 수필가(향그런 문학회)
김현태 수필가(향그런 문학회)
김부배 수필가(포시런 문학회)
김태현 수필가(탐스런 문학회)
최세환 수필가(탐스런 문학회)
유양업 수필가(탐스런 문학회)
임희정 수필가(탐스런 문학회)
김미경 수필가(탐스런 문학회)

☆ 동화 부문 신인문학상 수상자

최비건 동화작가(꽃스런 문학회)

이선주 디카시집 [그리움 흔들리는 날](도서출판 서영, 2022)
김승환 디카시집 [눈부신 사랑](도서출판 서영, 2022)
박상은 시집 사시사철(도서출판 서영, 2022)
이강례 시조집 섬진강 처녀(도서출판 서영, 2022)
유양업 제2수필집 삶을 꾼다(도서출판 서영, 2022)
배종숙 시조집 얼마나 더 깊어야 네 마음 헤아릴까(도서출판 서영, 2022)
이선자 제1시집 풍경이 있는 정원(도서출판 서영, 2022)
정은희 동화집 토끼 마법사 허바의 기억 스프(도서출판 코이북스, 2022)
박덕은 문학평론집 시 속에 흐르는 광주 정신(도서출판 서영, 2021)
박덕은 동화집 들개의 길(도서출판 서영, 2021)
박덕은 제3수필집 5.18(도서출판 서영, 2021)
김영순 자서전 미주꼴래와 진주(도서출판 ?, 2021)
정순애 제1시집 바람에 흔들리고 비에 젖어도(도서출판 그린기획, 2021)
박덕은 제25시집 독도(도서출판 서영, 2021)
서은옥 제1시집 가슴의 꽃(도서출판 서영, 2021)
류광열 제1시조집 노을의 여백(도서출판 서영, 2021)
이향숙 제1시집 그리움의 언어들(도서출판 한강, 2021)
이명사 제1시집 찻잔에 쓰는 시(도서출판 한강, 2021)
조정일 제2시집 꿈은 이루어질까(도서출판 한강, 2021)
조규칠 제1시집 사랑의 전설 안고 피어나라(도서출판 서영, 2021)
강덕순 제1시집 그리움의 시간(도서출판 서영, 2021)
김방순 제1시집 마음의 쉼표(도서출판 서영, 2021)
강병원 제2시집 백년사랑 연리목길(도서출판 에벤에셀, 2021)
정연숙 제2시집 틀(도서출판 좋은땅, 2021)
한실문예창작 동인지 제16집 그리움의 향기(도서출판 서영, 2021)
박덕은 제24시집 Happy Imagery(도서출판 노벨 타임즈, 2021)
박덕은 수필집 창문을 읽다(도서출판 서영, 2021)
이명순 제1시집 또 하나의 나(도서출판 서영, 2021)
서정필 제1시집 향기 나는 꽃(도서출판 서영, 2021)
이수진 제3시집 바람의 약속(도서출판 다온애드, 2020)
황귀옥 제1시조집 초록의 기억(도서출판 한강, 2020)
이양자 제1시집 지금 여기에(도서출판 서영, 2020)
이수진 제1시조집 어머니의 비녀(도서출판 글벗, 2020)
양은정 제1동시집 햇빛 세탁소(도서출판 청개구리, 2020)
한실문예창작 동인지 제15집 시의 집을 짓다(도서출판 서석, 2020)
정주이 제2시집 그대 내 곁에 있어요(도서출판 한강, 2020)
황길신 작품집 초원의 말발굽 소리(도서출판 고글, 2020)
유양업 수필집 행복한 여정(도서출판 서영, 2020)
김홍순 작품집 황혼의 연정(도서출판 동산문학사, 2020)
전예라 제1시집 나에게로 가는 길(도서출판 서영, 2019)
한실문예창작 동인지 제14집 사랑하기까지(도서출판 서영, 2019)
유양업 시조화집 지금도 기다릴까(도서출판 서영, 2019)
김부배 제4시조집 이 환장할 그리움(도서출판 서영, 2019)
정봉애 제1시집 잊지 못하리(도서출판 열린창, 2018)
한실문예창작 동인지 제13집 여백의 미학(도서출판 서영, 2018)
조정일 제1시집 몰래 한 사랑(도서출판 서영, 2018)
황애라 제1시집 눈이 집 짓는 연못(도서출판 한림, 2018)
정주이 제1시집 그때는 몰랐어요(도서출판 서영, 2018)
박봉은 제7시집 사랑은 감기몸살처럼(도서출판 서영, 2018)
이수진 제2시집 사찰이 시를 읊다(도서출판 서영, 2017)
한실문예창작 동인지 제12집 그대는 나의 누구인가(도서출판 서영, 2017)
김부배 제3시집 그리움의 언덕에 서다(도서출판 서영, 2017)

신명희 제1시집 백지 퍼즐(도서출판 디자인화이트, 2016)
최세환 수필집 그곳 봄은 맛있었다(도서출판 서영, 2016)
장헌권 제2시집 아직 끝나지 않은 이야기(도서출판 서영, 2016)
유양업 수필집 바람 따라 구름 따라 별빛 따라(도서출판 서영, 2016)
한실문예창작 동인지 제11집 마냥 좋아서(도서출판 서영, 2016)
이수진 제1시집 그리움이라서(도서출판 서영, 2016)
배종숙 제1시집 그리움 헤아리다(도서출판 서영, 2016)
최길숙 제1시집 사랑은 시가 되어(도서출판 서영, 2016)
김부배 제2시집 사랑의 콩깍지(도서출판 서영, 2016)
이인환 제1시집 그리움 머문 자리(도서출판 서영, 2016)
이후남 제2시집 한 잔 술에 가둘 수 없어(도서출판 서영, 2016)
전금희 제2시집 그 누가 다녀간 것일까(도서출판 서영, 2015)
박봉은 제6시집 당신에게·둘(도서출판 서영, 2015)
고영숙 시·산문집 한가한 날의 독백(도서출판 시와사람, 2015)
한실문예창작 동인지 제10집 처음 사랑(도서출판 서영, 2015)
유양업 제1시집 오늘도 걷는다(도서출판 서영, 2015)
전춘순 제1시집 내 사람 될 때까지(도서출판 서영, 2015)
김부배 제1시집 첫사랑(도서출판 서영, 2015)
한실문예창작 동인지 제9집 보고픔이 자라고 자라서(도서출판 서영, 2014)
박봉은 제5시집 유리인형(도서출판 서영, 2014)
김영순 제2시집 풀꽃향 당신(도서출판 서영, 2013)
최기숙 제1시집 마냥 좋기만 한 그대(도서출판 서영, 2013)
한실문예창작 동인지 제8집 꽃만 봐도 서러운 그날(도서출판 서영, 2013)
박봉은 제4시집 비밀 일기(도서출판 서영, 2013)
최승벽 제1시집 할 말은 가득해도(도서출판 서영, 2013)
이호준 제1시집 단 한 번 사랑으로도(도서출판 서영, 2013)
문재규 제1시집 바람이 열어 놓은 꽃잎(도서출판 서영, 2013)
이후남 제1시집 쓸쓸함에 대하여(도서출판 서영, 2012)
전금희 제1시집 가을은 어디나 빈자리가 없다(도서출판 서영, 2012)
주경희 제1시집 작아지고 싶다(도서출판 서영, 2012)
신점식 제1시집 이 환장할 봄날에(도서출판 서영, 2012)
박봉은 제3시집 당신에게/하나(도서출판 서영, 2012)
한실문예창작 동인지 제7집 아직도 사랑인가 봐(도서출판 서영, 2012)
김미경 동시집 유모차 탄 강아지(도서출판 서영, 2012)
박완규 제1시집 사랑의 빈자리 될까 봐(도서출판 서영, 2011)
김순정 제1시집 세월이 품은 그리움(도서출판 서영, 2011)
김숙희 제1시집 또 한 번 스무 살이 되고 싶은 밤(도서출판 서영, 2011)
강만순 제1시집 화장을 지우며(도서출판 서영, 2011)
장헌권 제1시집 시가 영화를 만나다(도서출판 쿰란출판사, 2011)
박봉은 제2시집 아시나요(도서출판 좋은땅, 2010)
정연숙 제1시집 늘 곁에 있는 다른 나처럼(도서출판 좋은땅, 2010)
형광석 제1시집 입술이 탄다(도서출판 한출판, 2010)
박봉은 제1시집 당신만 행복하다면(도서출판 좋은땅, 2010)
신순복 제2시집 내가 머무는 곳(도서출판 현대문예, 2010)
김성순 제1시집 하얀 속울음까지 들켜 버렸잖아(도서출판 한출판, 2009)
김영순 제1시집 고목나무에 꽃이 핀 사연(도서출판 심미안, 2009)
김태환 소설집 바람벽(도서출판 서영, 2011)
고희남 수필집 바람난 비둘기(도서출판 꿈샘, 2006)
김현주 동시집 마법 같은 하루(도서출판 꿈샘, 2006)
김보미 동시집 4교시가 끝났다(도서출판 꿈샘, 2006)

한실 문예창작 문우들의 작품집

오늘의 詩選集 Series

오늘의 詩選集 제34권

사찰이 시를 읊다
이수진 지음 / 176면

오늘의 詩選集 제35권

그대는 나의 누구인가
한실 문예창작 동인지 제12집

오늘의 詩選集 제36권

사랑은 감기몸살처럼
박봉은 지음 / 176면

오늘의 詩選集 제37권

그때는 몰랐어요
정주이 지음 / 176면

오늘의 詩選集 제38권

몰래 한 사랑
조정일 지음 / 192면

오늘의 詩選集 제39권

여백의 미학
한실 문예창작 동인지 제13집

오늘의 詩選集 제40권

이 환장할 그리움
김부배 지음 / 164면

오늘의 詩選集 제41권

지금도 기다릴까
유양업 지음 / 166면

오늘의 詩選集 제42권

사랑하기까지
한실 문예창작 동인지 제14집

오늘의 詩選集 제43권

나에게로 가는 길
전예라 지음 / 176면

오늘의 詩選集 제44권

지금 여기에
이양자 지음 / 184면

오늘의 詩選集 제45권

또 하나의 나
이명순 지음 / 176면

오늘의 詩選集 제46권

향기 나는 꽃
서정필 지음 / 192면

오늘의 詩選集 제47권

그리움의 향기
한실 문예창작 동인지 제16집

오늘의 詩選集 제48권

마음의 쉼표
김방순 지음 / 176면

오늘의 詩選集 제49권

그리움의 시간
강덕순 지음 / 176면

오늘의 詩選集 제50권

사랑의 전설 안고 피어나라
조규칠 지음 / 168면

오늘의 詩選集 제51권

가슴의 꽃
서은옥 지음 / 176면

오늘의 詩選集 제52권

노을의 여백
류광열 지음 / 144면

오늘의 詩選集 제53권

풍경이 있는 정원
이선자 지음 / 176면

오늘의 詩選集 제54권

얼마나 더 깊어야네 마음 헤아릴까
배종숙 지음 / 120면

오늘의 詩選集 제55권

사시사철 사랑
박상은 지음 / 176면

오늘의 詩選集 제56권

섬진강 처녀
이강례 지음 / 160면

오늘의 詩選集 제57권

인연의 향기
한실 문예창작 동인지 제17집

한실 문예창작 동인지

한실 문예창작 동인지 제1집
『한꿈』

한실 문예창작 동인지 제2집
『한꿈』

한실 문예창작 동인지 제3집
『당신의 쓸쓸함은 안녕하십니까』

한실 문예창작 동인지 제4집
『목련은 흔들리고 있다』

한실 문예창작 동인지 제5집
『그래도 한쪽 가슴은 행복합니다』

한실 문예창작 동인지 제6집
『좋은 걸 어떡해』

한실 문예창작 동인지 제7집
『아직도 사랑인가 봐』

한실 문예창작 동인지 제8집
『꽃만 봐도 서러운 그날』

한실 문예창작 동인지 제9집
『보고픔이 자라고 자라서』

한실 문예창작 동인지 제10집
『처음 사랑』

한실 문예창작 동인지 제11집
『마냥 좋아서』

한실 문예창작 동인지 제12집
『그대는 나의 누구인가』

한실 문예창작 동인지 제13집
『여백의 미학』

한실 문예창작 동인지 제14집
『사랑하기까지』

한실 문예창작 동인지 제15집
『시의 집을 짓다』

한실 문예창작 동인지 제16집
『그리움의 향기』

한실 문예창작 동인지 제17집
『인연의 향기』

오늘의 수필집 Series

오늘의 수필집 제1권
그곳 봄은 맛있었다
최세환 지음 / 288면

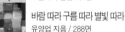
오늘의 수필집 제2권
바람 따라 구름 따라 별빛 따라
유양업 지음 / 288면

오늘의 수필집 제3권
행복한 여정
유양업 지음 / 304면

오늘의 수필집 제4권
창문을 읽다
박덕은 지음 / 164면

오늘의 수필집 제5권
꿈을 꾼다
유양업 지음 / 256면

오늘의 디카시선집 Series

오늘의 디카시선집 제1권
그리움 흔들리는 날
이선주 지음 / 148면

오늘의 디카시선집 제2권
눈부신 사랑
김승환 지음 / 140면